U0034045

林　煥　彰

詩　畫　集

推薦序

我在想啊

——林煥彰詩畫集《鼠鼠・數數・看看》序

孟樊（詩人、評論家）

煥彰兄要我幫他這本新詩集寫篇序，他「交辦」的事項，恭敬不如從命！哈，屈指算來，在報紙副刊的編務上，他可是擔任過我將近一年的「老闆」呢。

話說從頭。1986年至1987年期間，也就是我在碩三撰寫碩士論文那一年，某天被聯副主任瘂弦找去，說願意給我一個臨時編輯的工作，主要是幫忙《泰國世界日報・湄南河副刊》的編務——看稿、順稿和校稿，而當時泰副的主編便是林煥彰，我就這樣當了他身邊的小編，將近一年之久，所以他的的確確曾經是我的老闆。

老闆下令，莫敢不從。過去曾有詩壇前輩邀約為其詩集作序，我卻從未應允，恐有違詩壇倫理（大概這也是託辭）；所以這篇序文——從某個角度說——也可說是我的「處女序」吧（當然未計入我為晚輩寫的序）！作序時才發現煥彰兄足足年長我二十歲，不說詩齡，光是年紀，他就堪為我的父執輩；或許應該說他駐顏有術，讓我誤以為我們的年齡沒有這麼大的差距，以致從以前便僭越輩分稱他為兄。可一聲「煥彰兄」叫慣了，現在改口反感彆扭，不如還是按往常一樣喚他為兄，相信為人平易近人的他是不以為忤的。

我不曉得這本鼠年出版的「鼠」詩集到底是煥彰兄第幾十本

詩集了，但年逾八十的他還能創作不輟，從2014年的馬年開始，一年出版一本詩集（搭配他的畫作），如此的創作量委實驚人，我自己更是自嘆弗如。今年來到鼠年，他也依照這些年的慣例出版這本《鼠鼠・數數・看看——2020生肖詩畫集》，序詩也以「老鼠」開端，即便不如以往作法題材多以該年生肖動物為主。

這本詩集收有一百首詩作，據焕彰兄自己的說法，是從他去年（2019）所寫的360餘首詩作擷取出來，按照時序（寫作先後）編輯而成的，全書依序分為五輯：「詩從一月開始」、「詩在三四月」、「詩在五六月」、「詩在七八月」、「九月的詩」，他幾乎把寫詩當作寫日記，平均一天寫一首詩，記的也都是尋常事、日常的感受，想的亦非什麼國家大事或者偉大事業，可以說寫詩就是他的尋常事，甚至詩就是他的生活，兩者無法分開，就如〈讀寫一日三餐〉一詩所言，他將讀詩、寫詩當作一日三餐來享用。

焕彰兄的詩，除了早年（1960年代）《斑鳩與陷阱》時期，略具現代主義風格外，從他第三部詩集《歷程》開始，即有明顯地改

變，語言不再那麼「硬朗」，反而轉趨透明。我說他語言硬「朗，是因為當時他即便滲發有現代主義的味道，仍不見有1960年代《創世紀》那種晦澀的詩風，更不以繁複的意象、艱深而令人不解的語言取勝。此所以陳芳明於1969年為《斑鳩與陷阱》寫的評論中，即指出他這種語言明朗的特點，換言之，即便在他最早期的詩作，其語言也都不具晦澀味；而《歷程》之後的詩作，不過是更趨淺白罷了。或也因為詩風如此，讓他在1970年前曾一度加入與之風格相近的笠詩社。

為何他的語言會如許透明而讓人感到親近？套用陳芳明的話說，一言以蔽之，即「他怎麼講話，就怎麼寫詩」。這也就是他的詩語其實使用的是口語化的語言，也因之他一向並不講究語言的修辭，「語不驚人死不休」這種作詩劣習，是從來不會出現在他的作品裡的。或也因為此故，很容易便可將他的成人詩轉為童詩創作，蓋兩者的語言特性庶幾近之。

對於口語化語言的使用，煥彰兄亦有自知之明，他說：「我長久以來習慣了用平易的口語寫作，似乎有很多作品，大人小孩都可以讀；我也不忌諱我寫的淺白或直白，我只忠於自己的心情和感覺，順其自然，不刻意不雕琢，或要如何討好人家……」這種不忮不求的態度，足可瞧見他已臻至「從心所欲不逾矩」的境界了。從〈老無老矣〉一詩的自述，我們便可以看到他此時那爿澄明（像白雪）的心境：

老，吾老

老，無老

我們都樂於面對老；

白髮，白眉，白鬚
無一不白，
包括心中一片
雪白——

雪白冰潔，毫無塵埃
無須罣礙，
哪要呼東喚西？

這首自況詩也寫出了他近些年來在創作上的「想法」。這本詩集裡，最大的特色是詩人予人一直「在想著什麼」的感覺，從序詩〈老鼠的思考〉到最後一首詩〈想想之外〉，詩人彷彿一邊走一邊想，一邊想一邊寫；序詩裡的老鼠在想「為什麼貓要追我？／為什麼人要討厭我？」，他在想的是如何自尊自重的問題；〈沉思者．思想者〉的我在想著自己的身世，想著自己的「存在」；〈轉身或轉彎〉的我則想著如何轉身或轉彎以求「變或不變」；〈貓想．想貓〉讓詩人又想回《活著，在這一年》（2018）裡的那隻貓；〈靜觀．細想〉細想的你提出人生的自問自答……而最末的〈想想之外〉藉由我和貓的互想以產生彼此堅定的信賴。詩人從年輕到老，似乎存在著不少大大小小人生的問題，讓他在古稀之齡還一邊寫一邊想，使得「我在想，我再想」成了此詩集的口頭禪，而這動腦的思想運動，恰恰是他老年生活的寫照。

煥彰兄這些動腦思想的詩，其中有不少詩不無辯證的意味，譬如〈黑與白〉裡關於黑白的思考，頗有林亨泰〈非情之歌〉詩輯中那種黑白辯證味道；再如〈離開，又回來〉裡，對於離開與回來的自我辯證，從「離開，又回來」指的是「不一定真正離開」，一直想到其實那就是「不再離開」，這中間讓詩人一而再再而三地在想著；而〈瓶想〉裡的空瓶，不管想的是上天下地、古今中外地想或者不想，或把大的想成小的、多的想成少的，又或者別人的想成我的……總之，想一想才不枉費自己度過這淡淡的一生。在這些「想法」裡，你竟然發覺它其實隱藏著排比句法，在反覆思考著的同時，還利用一些複沓句以至於重複修辭法（palilogy）來增加語感，而如此一來也強化了詩的節奏感，使得這些口語詩作讀起來特具音樂性，不知這是不是詩人的無心插柳？

比較令人納悶的是，近些年由於創作生肖詩集的關係，煥彰兄其實寫了不少動物詩——這倒不失為新近崛起的動物研究（animal studies）文學理論批評的例子，只是收在這一冊為鼠年出版的詩集，幾乎找不到老鼠的足跡，雖然裡頭也看得到狼、蛇、鷺鷥、燕子、貓等動物身影。不知他是否不太喜歡這種鼠類？以至於連最後一首詩都要安排貓來結尾？

哈，煥彰兄自然是不會介意我以上的調侃。誠如他於〈一座山一片雲〉裡的自述：「一座山，永遠沒有走開／一片雲，永遠在路上；／想了很久很久，該走的就走／不該走的，永遠也走不了！」如此隨遇而安自適自樂的詩人，豈會在意外在的風風雨雨？而這樣的心境，恐怕已屆耳順之齡的我仍難以領會啊！

CONTENTS

卷二　詩在三四月

卷三 詩在五六月

卷四　詩在七八月

卷五　九月的詩

卷首詩

老鼠的思考

老鼠有老鼠的想法，牠
一直在思考：
為什麼貓要追我？
為什麼人要討厭我？
在地球上，不是人人要平等嗎？
我們老鼠算什麼？
喔！我懂了——
我不是貓，
我不是人，
我是老鼠，
我很重要！
（2020.02.09/12:00研究苑）

煥彰
Lin
2020.07.24

卷一

詩從一月開始

每一句相思都凝固／成為時間的細沙，與灰塵

或許，不一定

或許，不一定
我剛吃過早餐，不過是
一杯咖啡，一條地瓜，
十顆腰果，或許
它們都跟農民有關；

我是農家出身，
土地養我，
農人養我，我想到
祂和他們

或許，不一定
我的歷代祖先，我父我母
我的父母的父母，
凡是從事耕種的，
或許來自本土，或許也
不僅來自亞洲，
美洲、歐洲、澳洲、非洲

或許，有一天

不在地球，也可能在其他星球

金星木星水星火星土星，或許

不一定，它們也會有農民

或許，他們也會養我們

我們或許也還是，我們

因為有輪迴

我相信，相信我們都會

感恩感激，不難

你想過的

你做得到的，就這麼簡單

就應該要這樣，應該

一定要這樣

你想過嗎？你做過嗎？

你做到了嗎？

或許，不一定……

（2019.01.02／06:41 研究苑）

咖啡試加思念

咖啡是苦的，我試著加思念；
當然要苦的，美式義式都無妨

窗外有雨，整個屋外都有雨；
我不能只要一點點，一杯總該可以，
但雨不是這樣，要嘛
整個，天空都給你
整個，大地都給你

天空灰濛濛，有雨
雨，綿綿，有霧
霧，濃濃
鄉愁濃濃，
思念濃濃，
咖啡濃濃⋯⋯

（2019.01.03／07:37 研究苑，山區雨聲中）

雨都給了思念

雨，如果只是嘮叨
還好，加了思念
日和夜，又加了
日和月
日日月月，又月月年年……

夜裡，總該蜿蜒綿綿延延
夢裡，總該延延蜿蜒綿綿

那嘮叨，那嘮嘮叨叨
都不是雨的，總該終歸
都是，給了思念……

（2019.01.06／10:42 研究苑，雨聲中）

心細的，冬日午後

心細的，就會看到
再心細的，也讀不懂
大地心聲

細細的，每顆石子
都掏心洗過，淘洗過的
每一句相思都凝固，
成為時間的細沙，與灰塵⋯⋯

拂不去的是，
昨日晴天，今日雨天
明日，不晴不雨
還晴，還雨
日復一日，還陰
還雨還晴⋯⋯

終歸總該，都是
冬日的心情⋯⋯

（2019.01.06／11:57 研究苑，雨聲中）

沉思者・思想者

沉思者，思想者
思想著

我在想我的身世，
上天，下海
前世今生

作為一顆石頭，思想感情
都是存在的，
我父我母，都是存在的
億萬年的億萬年，都是存在的

我思想著，我沉思著
一顆石頭，有什麼好想的
我的皺紋，我的苦思
都是特別的；

皺紋特別多，苦思
特別深

我是思想者，我思索著……

（2019.01.06／12:50 研究苑，雨聲中）

有魚・無語

海是夠大的；

湖，怎麼比
埤，怎麼比
池，怎麼比
再小呢？

一杯水，總該可以
我呢，一個雨滴也可以

（2019.01.07／07:18 研究苑）

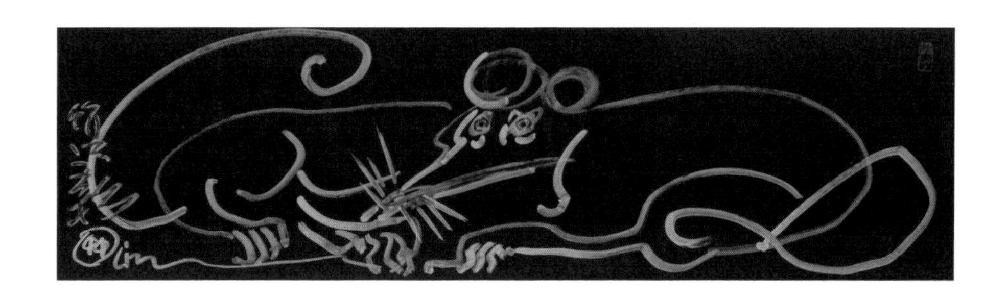

陀螺是旋轉的

人生是旋轉的陀螺；

陀螺是旋轉的，它翻轉了
我的童年；我的童年，
自製的陀螺，
它翻轉了我的後半生；
我的前半生，是我的
父母幫我訂做的

作為我自己製作的陀螺，我的童年
我玩過，現在的我
還在旋轉，我是不願意停下來的
寫詩的陀螺；在大地上
旋轉……

（2019.01.08／12:48 研究苑）

Lin
2019.12.30

轉身或轉彎

我在想，變或不變
便或不便
不僅想想，我應該有所行動

煩惱不煩惱，
快樂不快樂，不不快樂
都有很大的不同
不是想想，而已

想想，不是想想那麼容易
我想過了轉身或轉彎，
我都做過，人生
何時不用轉身，
何時不用轉彎，
我在想，想想不僅想想
而已……

（2019.01.11／06:58 研究苑）

在遠・再更遠（兩題）

1.在，遠方的一個人

轉身，我在
轉彎，我又走了

其實，我一直在
在我不在的遠方的一個人的心裡

（2019.01.11／08:47 研究苑）

2.遠，再遠——

遠，再遠，更遠——
我如何定位，都在心上

一個不在的遠方，自己自然也不在的
只回到心上

（2019.01.11／09:40 研究苑）

雨，不再嘮叨

雨停了，少了什麼？
少了一種聲音，少了
有人煩你

原來，那不只是一種嘮叨
誰在關切你，睡好了沒有
穿暖了沒有，
該不該帶傘？帶了沒下雨，
路會滑，鞋子會滑
腳不穩，可當拐杖
野狗欺生，你拿在手上
牠就不再亂吠了！

雨，不是只有嘮叨
雨，也是一種關注
雨，還是一種滋潤
在乾旱的夏季，
它是甘霖呀！

萬物都需要它……

（2019.01.12／07:12 研究苑）

雨問水問魚問疑問

問題很多，你可曾一一想過

雨問雲，你怎麼不要我了
水問雨，你是怎麼來的
魚問水，你怎麼不放過我
海問天，誰說我們沒有關係找關係

雨問水問魚問，
問題很多，
你可一一回答過？

（2019.01.13／09:45 研究苑）

我的島嶼跳動的脈搏

我呼吸著，我靜默的

我用我的呼吸

配合海浪的

起伏，不論漲潮還是退潮

也不論

晨曦或日落，我要用我的肋骨

或折斷，或排列

在我死後

交出，用雙手捧著供在

島的正前方，

或稱為祭祀，或說

奉獻；我習慣

用我自己愉悅的步伐，有節奏的

踩踏著自己的脈搏，朝向

我的島嶼，我的正前方

我知道，我的小時候，我是

日夜在想，日夜習慣

面向正東方，東方的海

日出的海，我永遠踩踏著我

我自己匍匐的脈搏⋯⋯

（2019.01.13／21:37 研究苑）

靜，只有一種聲音

我的心跳，通過感覺

我知道，它是有聲的

它使外界變成無聲，

無關緊要，只有自己是

存在著

連無聲的聲音，它也占據了

整個空間和時間；存在的意義是具體的，

其寓意也是，我說的是我說的

無須懷疑，我曾用我的生命保證

我活著，不必呼吸的活著；

在第三個世界，我活著……

（2019.01.14／02:57 研究苑）

過斑馬線的思考

走與不走，都在走

走，慢慢走

跑，快快跑

過斑馬線的思考

三歲過斑馬線

十三歲過斑馬線

二十三歲過斑馬線

三十三歲過斑馬線

四十三歲過斑馬線

五十三歲過斑馬線

六十三歲過斑馬線

七十三歲過斑馬線

八十三歲過斑馬線

……

人生，有多少個三歲，多少個十歲

你都數過嗎？這麼簡單的數學，

你答對幾個？

（2019.01.20／11:31 捷運板南過忠孝復興站）

老無老矣

老，吾老
老，無老
我們都樂於面對老；

白髮，白眉，白鬚
無一不白，
包括心中一片
雪白——

雪白冰潔，毫無塵埃
無須罣礙，
哪要呼東喚西？

自由來去，來去自如
沒有翅膀，
照樣行雲如水，照樣
無邊無際

鳥，有鳥事
魚，有魚事

颪，有颪事

雲，有雲事

天空和海無事，

我如是想想，如是如是

無事……

（2019.01.21／14:33 研究苑）

走過・就別錯過

走過，就別錯過

我常常抬頭，

看看遠山，看看近水

看看

天空

看看

左

右

更重要的，看看自己

看看自己的

心

看看心中的萬物，看看心中的人

我沒有見過的；包括久久

以前，包括我的祖先

歷代，包括我的祖父母

他們像不像我？應該說

我，像不像他們？

我回到現在，並沒有醒來

我從古代回來，

站在鏡子前面，看看
鏡中的臉
和在我心中出現的，他們
一張張的臉，一一比對
我仍然無法找出
他們和我有何關連，
有什麼相像？

幾代人了，我們的血緣
我們的親情，
究竟如何，怎麼連結？

照不照鏡子？有什麼區別？
我曾經年少，也曾經少年
我曾經青年，中年，壯年
曾經都是曾經，不能再回頭
不能再曾經，都是當下
必須，面對
必須種種，我想過的
不用醒來，不再
醒來……

（2019.01.29／17:45 社巴回山區途中初稿）

要過年，他在找家嗎

風很急，他剛跑過
我家門口就留下很多樹葉，
是他的腳印；
很多！很亂！

不過，我還是很喜歡
喜歡挑他一片，比較完整的
紅的綠的，黃的褐色的
有各種斑點，把它
藏在我的詩集中；
我習慣，也會常常打開它
看它想他

他，是風，是的
是流浪的風；
他，也該有家吧
他的家，會在哪兒
他從不停下來，他走過的
我看到的
落葉，片片都是他的腳印
很多，很亂喔——

是的，要過年了

他，是風

能找到自己的家嗎？

（2019.02.01／10:13 研究苑）

喜春.1

她，不在眼前

最美的是

距離。

（2019.02.01／14:44 研究苑）

喜春.2

梅花，沒花

因為距離

她，還是美的。

（2019.02.01／15:33 捷運南港展覽館出發進城）

仰光，一座麻雀的音樂城

我在仰光，我在唐人街走過
唐人街，唐人不少
麻雀更多；也許牠們是世居，
世代繁衍，子子孫孫，孫孫子子
多少麻雀，數不清
牠們占據了整座城市的電線，
更重要的，牠們每天都會
飛去附近的寺廟，誦經
上完早課，再飛回城裡
吃早餐

在仰光，在唐人街的麻雀
我看到的
牠們吃過了早餐，每一隻都變成了
會跳躍的音符；像韋瓦第的四季，
所有的音符，都佔據了所有的
電線五線譜！
我聽到的，來自音樂王國的麻雀們
每一隻都是活音符，每一個音符都是
自己會跳躍的；

我的，我的耳朵

我的，我的聽覺

我的，我的不朽的

心靈之聲，就在此時此刻響起，面對

整座城市，我敗退下來

我，不在的我，

我被麻雀的樂音融化，我再也不在

這座城市；麻雀的音樂城……

（2019.02.09／21:55初稿，02.10／09:41完成於研究苑）

讀寫一日三餐

一日三餐，總該要有
早餐，午餐，晚餐；
五點起來，讀詩、寫詩
就當我的早餐，
真正餓了，就沖杯麥片
或再寫三五行，
或讀一讀，也是常有的
再餓了，或許可以小睡
五點起來是有一點過早，
我可以給自己多一點睡眠，
多一點體貼

讀詩，需要咀嚼
寫詩，需要推敲
我常吃鄉下侄媳婦給的蘿蔔乾，
我知道咀嚼的原味會加倍，
回味我在鄉下度過的童年，
那更接近我出生的原點；
我沒有忘過，
咀嚼過的詩，才算我真正讀了它
我讀過李白、杜甫、王維、屈原

我讀過泰戈爾、艾略特、里爾克

我讀過冰心、楊喚、周夢蝶

我讀過紀弦、瘂弦、鄭愁予

我讀過洛夫、商禽、余光中

當我飢餓的時候，或該午餐、晚餐

我也不能忘掉我該寫一首詩，

寫一寫，再推敲推敲

餵餵我虛空的肚子，

餵餵我飢渴的靈魂，

餵餵我的三餐不繼的日子……

（2019.02.12／07:16 研究苑）

春神要來

春神要來；她最美，
大地變成花園，
百花都來迎接她！

春神要來；她最有氣質，
大地變成音樂廳，
百鳥都為她演奏！

春神要來；她最疼惜
詩人和藝術家，
大家都要為她
寫詩、畫畫……

（2019.02.13／15:26 捷運板南車到永春）

錯過，錯過，誰沒有錯過

錯過，錯過，
誰沒有錯過？
人生，一開始就錯了

錯過是常有的，從一出生
或更早之前！
人生，有哪一個沒有錯過？

你能知道嗎？如果沒有錯過，
你的命運會怎麼樣？
你現在是怎麼樣？

會更好嗎，還是更壞？
不知道的事情你又如何想它？
知道的事情你又如何接受？

是你自己在做弄自己嗎，
還是命運在做弄你？
人生，為什麼都是錯的！

（2019.02.16／21:53 昆陽便利商店等回山區的社巴）

春天，留在夢裡

春天，留在夢裡
讓我們利用早春，
多想想她；
冷，又不太冷

微雨，若有若無
喜歡飄的，
輕風微風，都知道
讓櫻花知道

一路驚豔，沿路讚嘆
她們怎麼這麼大方，
愛，就毫不保留
綻放，獻給我們
——蘭陽一群
愛詩的人！

（2019.02.18／05:50 研究苑）

春問・花開

早春的櫻花，一路嘻嘻哈哈

誰？忘了打開夢的門扉；

請都請不到呀！

（2019.02.18／08:04 社巴下山進城途中）

早春的葉子

今天，我路過的地方

每片葉子的小短裙，都被

早春的風

掀得高高，——

春天，那愛搗蛋的風

叫什麼風？

（2019.02.18／13:09 在永和路上）

陽光，真好

有陽光，櫻花，杜鵑
都笑得很開心；
燦爛、嫵媚，都是
笑的方式

我是花，不叫櫻花
不叫杜鵑；
叫酢漿草，通泉草
在早春的陽光下，一樣
笑得很開心。

（2019.02.21／16:41　306公車上）

牛鬥觀魚

1.觀魚・心鏡

魚寫的詩，在水裡
我沒有讀懂；

心鏡映照，水紋情深

（2019.02.26／19:40 捷運即將到南港）

2.觀魚・心思

魚在水中寫詩，
我讀牠們；

柳樹落葉，句句寫實。

（2019.02.26／19:59 捷運抵達東湖站）

附註：走讀、書寫三行小詩。牛鬥，地名，近山區，在宜蘭三星鄉，中午路過鱒魚山莊，觀賞山莊天然水池蓄養錦魚悠遊有感。

她躺著，弓起腿

她躺著，弓起的腿

就忘了收起來；因為舒服

因為好看，因為帥勁

因為沒人管她，

因為可以因為，

她就因為那樣的自在，

她就從來也不必害羞；

作為一棵樹，

作為一個人，她是

有尊嚴的活著，

自在的活著，是

一種尊嚴

（2019.02.28／18:18 研究苑）

卷二

詩在三四月

沒有所謂永恆，沒有我看到的／凡是花，我都會喜歡

我是雲

我是雲，在天上
也在心中；一生不長——

我不是流浪，我一路玩著
飄著過來的……

（2019.03.05／08:15 研究苑）

一座山一片雲

一座山，永遠沒有走開
一片雲，永遠在路上；

想了很久很久，該走的就走
不該走的，也永遠走不了！

（2019.03.05／22:08 研究苑）

離開，又回來

離開，又回來
不一定真正離開；

現在離開，沒有永遠離開
真正的離開，就不再回來

我一直在想，再想
我何時離開？我真正的
離開了嗎？你如何證明
你離開了？

有一天，我睡著了
我又醒來，但我已不認識自己
一個全新的自己；
沒人會懷疑，因為你就是
睡前的你

離開，又回來
就不再離開了！

（2019.03.06／23:49 臺灣汐止研究苑）

可以……

可以麥片加奇亞籽，

可以詩加愛樂加快樂，

可以早餐一杯，可以

天天一杯；可以常常

想想

我如此養我一生……

（2019.03.10／04:02 研究苑，雨聲中）

天上地上

所有的星星都掉到地上，

天上無光；

地上所有的星星，一顆一顆

千萬顆

都是假的！

（2019.03.10／19:32 東湖小女兒家）

從櫻花到桂花

沒有所謂永恆，沒有我看到的
凡是花，我都會喜歡；

愛她們，理所當然
我愛我所應該愛的，
沒有理由；從櫻花到桂花，
我說不出理由

不只是季節，也不只顏色
更不只是花的大小，
美或不美，等等
我的愛，我所愛
在看不見的比看得見的
更多，更重要；

我常常會深呼吸，
閉著眼睛想，想她們的位置
在我心中，在我想她們的時候，
在我不在的時候，
她們依然都會在，
都會讓我想起她們

一生一世，那是夠短也夠長
我不會那樣想，
她們也不會只有讓我這樣想；

想，想想而已
想，再想想而已嗎
從櫻花到桂花，我的
櫻花和桂花……

（2019.03.11／18:34 胡思公館店）

貓想・想貓

夜靜，心靜
已無雨聲；春雨最嘮叨，整天
白天夜晚，都不睡覺

讓貓踩踏著，輕，輕輕的
不是古老的屋頂，
左心房的心跳，比古老的
更輕；那個夜晚，
其實我並沒有睡著，而睡與不睡
你是不懂的；我的貓懂，
但牠可以假裝，不懂

然後，牠就可以
安穩的睡著～～～～～～
呼呼嚕嚕的睡著。

（2019.03.14／07:32 研究苑）

Lin
2020.01.20

春來在遠方

春來，在遠方
她來，在心中；

遠方，是一種距離
心中，是一種想；

斑鳩布穀，在遠方
我的童年在遙遠的他方；

想，是永恆……

（2019.03.16／08:08 研究苑）

離開・回來

離開。是回來的
最好的理由，我沒有藉口
不回來

走了一趟，童年是
遙遠的他方，
終究還是要回來的；找不到的
或迷路，或童年
畢竟都是無法再回去了！

想得美好，是想得美好
真實的，是不存在的
不再的！
不在的！

說好的，我只是回去
回去看看而已；離開
就是早就設定了
是要回來的，
該回來的

我說過了

離開，就是最好的理由

我會回來的……

（2019.03.18／23:15 研究苑）

附註：三月十七日回到童年的家鄉，為母親及祖先掃墓，心情總有些變化，趕緊在臨睡前寫成這首詩，也向今天交代。

思考，怎麼開始

思考，從一座山開始
眼前一株草一顆小石子，
你可能都錯過了！

思考，從一座海開始
你可看到了草尖上的
露珠？

（2019.03.19／16:45 昆陽便利商店等回山區的社巴）

靜觀・細想

——四行四首

1.

你問海，今年幾歲了？
他回答你：

請你仔細看看我的臉，
數一數我臉上的皺紋！

2.

你問每一座山：
你們為什麼一坐就千萬年，
怎麼都不起來走動走動呀？

他們說：老了，還是坐著好。

3.

你抬頭看看天，看看天上的雲

你低頭看看水中的天，

也看看水中的雲……

它們為什麼都不一樣呀！

4.

風，你看過

他們長什麼樣？

每棵樹每片葉子，他們都說：

看到了看到了，就是長這個樣！

（2019.03.21／07:29 研究苑，今天的早課）

春分的太陽

——掉落在田裏的太陽偷偷告訴我，今天「春分」（賢侄錦清line說）

我常常四季不分，晨昏不分
雨天晴天，不分

今天的太陽，祂說
今天要分；四季應該要分明，
不明的是，誰來負責？

農人種下的稻禾，它們
欣欣向榮，
太陽說，我豈能不分？

當然，能分就分
最好該保密的，還是
守口如瓶；太陽說

天地玄黃，如是說說
說說如是，世間事事
都事事如是……

（2019.03.21／13:10 研究苑）

優雅的活著

我喜歡穿白衣，腳是瘦長的
不怕弄髒，也不怕冷

我優雅的活著，活著
真好；我喜歡在田野行走，
輕輕的
先提起右腳，再輕輕的
提起左腳

我習慣默數，計算時間
右腳和左腳的
距離，
我會算準，不讓它們打亂
水紋，不讓
天空在水田中碎裂，
我會常常借它還給我
一個完整的，優雅的影像

我喜歡優雅，喜歡穿白衣
我是天生的講究優雅，
白白的白鷺鷥，優雅的形象

很重要；優雅就是我的

活著的最高標準，

吃不吃得好，我不會在乎

吃不吃得飽，我不會在乎

美不美，我不會在乎

優不優雅，我很在乎……

（2019.03.23／16:18 捷運車過萬隆，我要去大坪林）

春天沒有離開

春天，沒有離開
她喜歡朋友，
她，不會離開；
今天下雨，又濕又冷
她，暫時變成冬天！

春天，沒有離開
她喜歡小朋友，
她，不會故意不理你；
今天出大太陽，
她，變成了夏天！

春天，沒有離開
她喜歡大朋友，
她，幫忙採收蔬菜水果
她變成秋天了……

（2019.04.01／23:58 研究苑）

清明時節

清明時節返鄉，欲拜見祖先
祖先安安靜靜，坐在二百五十年前
流浪的終點；我在——
二百五十年後，自己流浪的起點

今日無雨，淚雨依舊聲聲默練
點點滴滴，打心底陣陣響起……

（2019.04.06／20:00 由礁溪回汐止剛抵山區研究苑）

附註：返鄉祭祖一日半，得此六行，甚感欣慰。

黑的是的黑的，我在想

黑的，是黑的黑

黑是一種風景，我想不通

也不敢想；

但我一直在想，幾乎是不可能的

是的黑的，我想

是黑的；鋼琴就是黑的，

夜也是黑的，

我想，我的心也是黑的

我在想

夜是黑的，有種種理由

因為是黑的是心事，因為

我在想，而她不在

其實，她還在

一直都還在，

我想，我把心打開

她就在

是的，黑的

是黑的黑的黑，

黑是一種神祕，包括

太陽，也可以是

黑的，

我把它塗黑，

我把它變成黑，便於收藏便於

成為一本書的

封面，成為我

最後的一本書，而我寫著我

我的一生，我輕輕的覆上它

一匹，一匹

純黑的，在一個深夜

一個安靜的深夜，

是一匹純黑的

黑布！

（2019.04.07／19:39 研究苑）

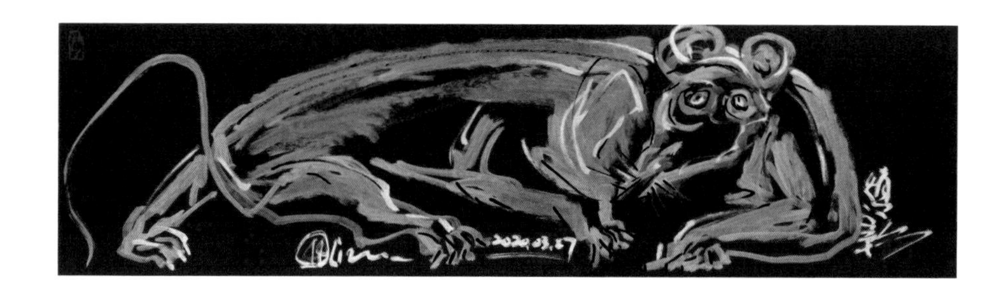

如果這是
——一棵老樹的下半身

如果這是，我的下半身
如果也有可能，已成化石
如果肯定是
應在多少年之後？
我沒有穿內褲，當然
外褲也早就沒了！

如果，本來就是這樣，
如果赤裸裸，如果
與歲月無關
與廉恥無關，我是不會在乎的；
本來，我就是
來去自如。何必遮遮掩掩？

坦蕩的，如果
無恥就無齒，或
無齒就無恥，
有日夜，就好
有日月，更好
永恆，我理當面對

天

地

（2019.04.13／20:22 研究苑）

牠應該要有
——寫一棵黑板樹

尾巴，牠
應該要有——

牠，牠是誰
為什麼要衝著我看，
瞪著眼看？

耳朵，牠，牠應該要有
要聽什麼？四面八方
什麼該聽，
什麼不該聽？

腳，牠，牠應該要有
牠應該要走動，在白天
或夜晚
沒有人會看到的時候，牠
應該可以走走；

的確，牠是活著
有生命的活著，

有尊嚴的活著，我知道

有尊嚴的站著

我不應該一直在逼問牠；

牠是誰？

（2019.04.14／11:20 研究苑）

附註：記2019.04.09午後，我走過龍潭的一條小河。

蛇的觀點

山路蜿蜒，像我
一路走來；
如果是走直線，
一下就到終點，那

太危險！

（2019.04.16／18:49 研究苑）

我讀他們……

——記2018年11月底，在緬北臘戌觀音寺內

我不懂他們的語言，
聽或讀，都不懂
都不會；當然，
我也不會講，但我會靜靜欣賞

他們，九個小朋友
他們，一定都是好朋友；
他們，只有一支手機
應該說，那就是一種玩具
不問誰的，就是大家的
把它放在面前
大家都可以看得見的位置，
看手機裡面的遊戲，
就很開心，十八顆眼珠子
都可以同時掉進手機的影屏裡——

我不懂他們的語言，他們是緬甸人的小孩
我讀他們的笑臉，
我聽他們的笑聲，

我什麼都懂了——

我也像他們一樣，無形的和他們擠在一起

盯著大家共同擁有的

桌上那支手機

我看他們的笑臉，我讀懂了我自己的

笑臉……

（2019.04.18／13:01 在研究苑，地震的搖晃中）

創立，永恆的典型
——給我敬愛的堂哥　創型兄

敬愛的創型兄：

您總是走在我們最前面的

領航人，在這裡

我要說的是，我們的小時候——

遊戲，是我們最深的記憶

小時候，就是我們

細漢的時；打甘樂摃槍子，

是我們共同的遊戲，

大家都要圍著你——

你就是我們心目中的

囝阿王，我們都要聽你

我們也都樂意乖乖的

聽你；

你說的，就是我們認為的

是對的

不會有第二句話；我們可以

從早玩到晚，玩到太陽下山

不——

應該說是

太陽是被我們摃槍子一樣，
我們玩得很賣力，真大力的
揮它出去——
揮到五峰旗山豬窟的背後去！
我們都很忘我的，歡喜的
跟隨你

遊戲，就是這麼的快樂的
人人都會有藉口，只要能有機會
跟著你
比各自的爸媽，嘶聲力竭吼叫
恐嚇，責罵，鞭打，都還要
有魅力——
因為有你，你就是我們的
囝阿王

遊戲就是這樣，最初的記憶
最深的總會
藏在我們心底裡，
就像捉迷藏，就像現在
你還在和我們玩；像小時候，

我們細漢的時，

你躲起來了，你要我們猜

你要我們找

你究竟躲在哪裡，

藏在哪裡；你是有創意的，

你是典型的，我們就要傷腦筋

我們就要永遠的想你，

我們就要永遠的聽你——

有理想，

就要堅持，有理想

就要踏實，有理想

就要

努力，打拼，向前行……

（2019.04.30／06:08 研究苑）

我沒有說
——新五四前夕

眼睛，鼻子，

該有的，我都有了

耳朵，眉毛，鬍子

該有的，我都有了

我要活著

我沒有嘴巴，

我不必說，

該說的，你就看著辦吧！

（2019.05.03／05:04 五四百年前夕）

卷三

詩在五六月

要把夢的每一道門／一一打開，讓心愛的貓方便／自由進出，
並且告訴牠／我會在夢的第三道門內，等牠

招潮蟹的信仰

招潮蟹，是虔誠的教徒
牠信仰太陽和月亮；
牠禱告時，一定把大螯
高高舉起——

牠相信，潮水是聽牠的

（2019.05.04／05:45 研究苑）

眼睛對著眼睛
——魚市場的魚

海，是我們的家
陸地，不是；
天空，
也不是

眼睛對著眼睛，
不是
無話可說；是有話
不知
該怎麼說，——
天地，良心
如果還有
天地，
如果還有
良心，
眼睛對著眼睛，你當知道
我不必說，
你也應當知道，——

海，是我們的家
陸地，不是
天，太高太遠了
陸地，陸地是
墳場嗎？

（2019.05.05／09:27 研究苑）

瓶想

我是空的，肚子
空空；我的腦袋
看不見，也可能是
空空的，但我會想
想上天下地，想
古今中外的想，
想人家不想的
想；小小的，
我會想成大大，少少的
我會想成多多；
你的，我的
本來不是我的，何妨
想想
別人的苦，也是自己的
苦；想想，就不再枉費
過我這一生，
淡淡的，這一生……

（2019.05.10／正午 研究苑）

我的家譜

祖父長什麼樣，我從未見過
他有可能長得像我爸
老來時那個樣；是木訥的
還是慈祥？

祖母總是坐在金交椅上，她的畫像
被框在牆上的鏡框裡，總看著她
屬於第三代的我，我從來也沒叫過她一聲
阿嬤！

我爸是她的兒子，她的兒子
也不止只有我爸，還有一個
我從未見過的伯父，包括伯母
當然，他們長成什麼樣
我也無從知道；我的祖母的畫像，
該像誰？

我看不到我的伯父我的伯母，
他們又該長得什麼樣，
怎麼樣才是他們的樣？
總之，——

關於像不像的問題，不應該
老困擾著我
我應該要弄清楚，卻從來也無法
弄清楚！

我明天又要遠行，最好是
我都不要像他們，一直可以
東走西走

應該說，我要像我媽加我爸
但也分不清楚，幾分像誰
幾分不像
那又是一種神祕，不神祕的
總會有那麼一點點，又不怎麼像……

（2019.05.25／03:37 初稿於研究苑）

我是林家的

林家有木，有樹
成林；

祖先一個個的走了，我還在路上
昨晚深夜才從古代長安
飛回臺北——

一棵孤單的樹！

（2019.05.25／08:46 研究苑）

風沒有穿衣服

風沒有穿衣服，他喜歡亂跑
又怕人家看到；他常常跑到
我們家的晒衣場，
試穿我們家的衣服——

媽媽洗的衣服，都晾在
大太陽底下，
風喜歡穿過來穿過去，
一件一件試穿；

爸爸的衣服，很寬很大
風穿過就脫下，
還好，沒被他扔在地上；
他試穿媽媽的衣服，花花綠綠
覺得不合適，試過就脫掉！

今天，我有件球衣
換洗
被他盯上，他一穿
就不肯再脫下了……

（2019.05.25／14:06 社巴進城途中）

樹的吶喊
——混亂的世代

歪嘴

吶喊

天

地

無

聲

混亂的世代！

同婚

不

同婚

歪嘴

吶喊

天

地

寂靜

吶喊

無聲

！

！

！

（2019.05.26／07:35 研究苑）

眼睛很重要

我，一大把年紀
我看的還不夠多！

一個混亂的世代，
嘴巴是無用的！

我，張不開嘴巴，
我能告訴你什麼？
什麼可以說，什麼
不能說

眼睛是很重要的，
我睜開眼睛，瞪著
專注的看你，看你
在做什麼？

（2019.05.26／07:47 研究苑）

讀一條街

——臺北現象在忠孝東路三段

下午，我去讀一條街
陽光很好，心情很好
人來人往，可以散心的讀；
可以讀過就忘，換一條街
翻過一頁再讀
讀迎面而來的三三兩兩……

眼睛疲累又無聊時，
我上街去讀人；讀各式各樣的人，
讀每一個人的不同的臉，不同的
衣著和表情；讀人家的匆忙或悠閒，
也讀人家的無聊，或光鮮
或邋遢
或讀人家的喜樂和哀傷；

讀，我是無聊的，還有比我更無聊
一群少女少男；讀他們作怪或潮流，
讀她們露出的肚臍眼，穿破破的牛仔
也讀我自己，讀自己無聊的內心
或專注

讀9999999（9（9（（9（（（（（（（（（（（（（（9

（（（（（

一大串莫名莫明的數字和符號，

讀她們和他們

在一家新開幕的化妝品店前，走廊外

等長長的時間的消逝，等一份

小小的禮物

我也假裝站在捷運地鐵出口處，

假裝在等人，在看一本詩集《夢的門》

假裝在看人來人往，在讀消失的時間

好不容易才看到

店家有人出來，給她們發號碼牌，

開始有了第一位被叫進去

和櫃檯裡的店員站在一起，

領了一份小禮物——化妝品什麼的，

又站在一起，合影；

我無聊的看著，讀著無聊的

一個下午的消失一個多小時，

在街頭，好無聊的讀著

人來，人往

我無聊的讀著……

（2019.05.27／06:48 研究苑）

記得打開夢的每一道門

我的夢，有九道門；
每晚睡前，我習慣提醒自己
要把夢的每一道門
一一打開，讓心愛的貓方便
自由進出，並且告訴牠
我會在夢的第三道門內，等牠
在那裡，我會備有一個
月亮的銀盤子，現烤一條
太陽底下所沒有的，秋刀魚
招待牠。要是牠的肚子還餓的話，
自己還可以繼續往第九道門走，
我仍然會在那兒等牠；同樣的，
我也會為牠準備一條
新鮮的鮪魚，同樣會用
月亮的銀盤子盛著，九塊生魚片
給牠；如果牠還有雅興的話，
我也可以
整夜不睡覺，喝點紅酒
繼續陪牠，直到
天亮，人家再把夢的每一道門
一一關上……

（2019.05.28／00:05 研究苑）

總該有什麼

天亮之前，一滴淚
算得了什麼？在所有草尖上
露珠都是一個小宇宙，我讀著
它們的清純

看到了！看到了！
總該有什麼，
我看到了自己的渺小，
在大樹的護衛之下，
我很有自信的活著，活著
總該有酸甜苦辣，一滴淚
在天亮之前，它是清純的
自己的清純，我不必在乎夜有多深
總會有光，在我看得見的地方
有光

（2019.05.29／13:40 研究苑／我將下山）

踢一顆小石子

踢一顆小石子，不對

踢兩顆小石子，不對

踢三顆小石子，更不對

你生氣了嗎？

你為什麼生氣？

天空不應該天天有霧霾！

（2019.06.01／23:06 紹興廊橋花園酒店／320）

一切黑的

一切黑的，以黑為尊

我是黑的；從來不做

第二之想——

我是黑的，百分之百

純黑。

（2019.06.02／22:37 夜泊紹興廊橋）

入夏，在西湖

春天才走不遠。漫步西湖，

白堤兩邊，柳樹都剪成了
少女的短髮

有的，急急秀出
短裙或短褲或內褲——

入夏，今天35度

（2019.06.04 CA149 18A／杭州飛回臺北途中）

純得有理

黑的，我要的是
純黑。昧著良心的

黑，要黑得
有理，可以不管——

三七二十一……

（2019.06.05／12:30 研究苑）

黑粽子的自白

黑的，紫米粽子讓我們有理由
向偉大的屈原說——

年年端午，我們可以正正當當
吃一個黑粽子，向上帝敲一次詐；
除了詩人，
大家都不可以說謊！

（2019.06.08／00:03 研究苑）

Lin
2020.01.26

移動的不存在

我在移動，我的思維先我移動
無形的移動，在雲端
在不存在的時空
都存在我腦海中；多大的海呀！
多大的多久的時空，我不存在其中
哪有我的存在，我只想想而已
不應該有我，卻有了我的煩憂我的
不應該有的都有了，我該有的
就未必會有

移動的，我嘗試過我不該移動
老是在我自己的腦海中，第幾度空間
第幾個維度，有無星球
如何標示，如何命名
我如何稱它

不再移動了！我還在移動，想我的
不確定的想，是迷茫的復製
第幾個N次
我沒見過的我，是復刻的版本
是一而再的重現，在我童年，在我

不在的

童年，一再移動……

（2019.06.12／16:40
捷運板南將到終點南港展覽館站之前）

燙一首詩
——給管管，敬賀大詩人九十嵩壽

燙一首詩，如燙一把長年菜

燙一首詩，要下酒
酒，要58
58，要金門
金門，要陳高
陳高，要越陳越好

今天的太陽，剛好
今天的壽星，剛好
今天的90，剛好
十年後的100，剛好
二十年後的120，剛好
年年的今天，剛好

管管的詩，越多越好
管管的90，越多越好……

（2019.06.15／18:35 社巴回山區的家）

黑與白

黑與白，我總會分不清楚
它們豈只是黑與白
那麼單純？

我常常在黑中找到白，
也常常在白中找到黑；

在不黑不白中，我找到灰
那時候，我簡直不敢相信
我怎麼既黑又白！

（2019.06.16／13:03 研究苑）

畢卡索說
——我向兒童學習

畢卡索說，我不敢說
我向畢卡索學習；
畢卡索說過，我十八歲
畫得像拉菲爾一樣
好，真又寫實
但我一生都要向兒童學習。

八十了，我八十才開始
我聽進畢卡索的話；
既畫不成畢卡索的立體，
又無畢卡索貼近兒童的純與真，
我還能學習什麼？

塗鴉？是一種天生，
但無天分；純真無邪，
保有童心童真，
玩，玩遊戲
玩，我玩了心情，還想玩
創意，可已經都來不及了
我，只玩玩而已！

（2019.06.25／07:33 研究苑）

跟著十八歲走

我八十一，總忘東忘西
常會忘記我自己，
即使無聊時，照照鏡子
也無法接受
十八歲的我，哪會是
這種老樣子？

其實，十八歲正好呀！
我希望自己天天都是
十八歲，
要做什麼都可以；

今天，我終於懂了
就從今天開始——
我每天出門前，
都要先告訴自己：
我今天十八歲，
走路，搭電扶梯
也要緊跟著十八歲，
一起走……

（2019.06.25／11:11 在首都客運上，去羅東途中）

Lin
2019,10,23 /15:15 乘机 二航廈 C8 候机

路不會走

有一條五花蛇，

牠，每天都走同一條路

突然，昂首發現

原來路都不會走

只會轉彎～～～～～～

牠，很得意；自己回答自己

（2019.06.26／22:14 研究苑）

白鷺鷥的問題

——誰能給牠答案？

水田是清澈的，

天空有什麼，沒什麼

它都看得見；

白鷺鷥，有問題

問題不再白鷺鷥，

你看到了嗎？

白鷺鷥的脖子，打了

一個

？大問號——

（2019.06.27／06:32 研究苑）

我是中間

我是中間嗎？
有左邊和右邊；

中間的位置不變嗎？
左邊右邊都沒變；

這樣的位置好嗎？
我希望我永遠在中間，
不要有不當的改變。

（2019.06.29／16:58 在胡思公館店）

卷四

詩在七八月

非既定的人生，我已訂好／暫厝雲端，但未預約

孤獨之旅

旅行，一個人就好
把自己打包，
一起帶走；

孤單嗎，不！
我還有
我的影子。

（2019.07.10／19：30 研究苑）

醒來之後

醒來之後，是天亮的事
我不清楚，
自己有沒有真正醒來？

我會是在自己的夢中，
還是別人的夢裡？
睡與醒，仍是昨晚的事

我是現在的我嗎？
不曾離開過自己，
卻早已不在自己心裡；

我仍然在尋找，一個
全然不清楚的自己！

（2019.07.19／08：42 研究苑）

夏雨若下著

午後，雨停了

我能再想些什麼？

有雨無雨之外的，我該再想一想……

夏雨若下著，夏雨

有時雨聲，

有時雷聲，

必定敲敲打打！

不管哪些什麼，它們該算是一曲

交響曲

響起，想起

一再想起

心中無聲的細雨，必定也是

從天而降，在心中

勝過有聲

綿綿細長，聲聲蘊藏天籟

思想著，思想著

再點一曲

我的另類，無聲

無雨，無語

要誰承接，無盡心聲，心語……

長長漫漫，夜夜

從天而降

究竟還能再穿越多少時空？多少心思

連結，如何滌淨

清除？

我，不再

迷思？

（2019.07.22／17：47 研究苑）

遺憾是存在的

路過，不等於

路過；

人生，有很多

錯過！

（2019.08.01／09：17 在捷克，前往CK小鎮途中）

收割與未收割

一眼望見未望見的

麥田；我仍在路上，茫然——

收與未收，在心田上

上半生與下半生，

都是歉收！

（2019.08.01／09：29 在捷克，前往CK小鎮途中）

誰可以住在夢裡

太陽？月亮？

星星……

不睡覺的小天使，

一一點名；

我，還是被遺漏！

（2019.08.01／11：09 Kutna Hora Hotel Medinek 午餐）

幸福之旅
——斯洛伐克、捷克13天

一生只這麼一回，為我自己

布拉格、伊斯坦堡，在雲端
威士忌一小杯，微醺
美式咖啡微苦，是幸福的

可可慕思，甜中之甜
未必幸福
不用挑剔的旅程，是幸福的
苦盡甘來的一生，此刻就是

——最幸福

（2019.08.06／03：46 飛伊斯坦堡途中）

旅人之惡

夜極深，我深深仰望
凝視無光深邃的蒼穹，
打心中出發，也從深深的夜裡
出發——

在最黑最沉的地方，
我的孤單的
另一段旅程，仍然必須
自己獨自完成，即如眼前走入
迷茫的迷霧之中，我更深的心裡
要環繞地球三圈，終點仍然還在

在遠方
未知的他方……

（2019.08.16／03：06 研究苑）

思考的結果

有眼，我為什麼不能看？

有耳，我為什麼不能聽？

有嘴，我為什麼不能講？

有腦，我為什麼不能想？

有手，我為什麼不能寫？

有腳，我為什麼不能走？

活著，我為什麼不能做？

為什麼？為什麼？

我問我自己：

我為什麼？

（2019.08.16／22：35 研究苑）

非既定的人生

——流浪一方

不確定的旅程，
不確定的驛站，
非既定的人生，我已訂好
暫厝雲端，但未預約

不確定的驛站，
該降落在哪座星球？
天王星，冥王星
金星、木星、水星、火星、土星
我都沒有朋友！
需不需要簽證，
我無須思考，出發前
我已想過，我和我自己先說好
不要後悔，也不要
回到自己出發的原點；

流浪，是命定的
我在路上，不
我該在雲端，我仍然在
行進中……

（2019.08.17／02：13 研究苑）

秋・忙茫芒

1.秋・忙

全世界的太陽，走到哪兒
都是那個太陽；
斯洛伐克的金秋，今年有些兒特別忙：
忙忙忙……

它收割後的麥田，留下一圈圈
麥稈兒打包的大蛋捲，
我都沒來得及舔一舔！

——我心裡好忙好忙！

2.秋・茫

旅人行色匆忙，遙望丘陵遼闊的麥田，布拉格之春呢？
下一季，留給冬天想像的冰河，該從哪兒流下？
斯洛伐克的聖山，塔特拉高聳的額頭頂著藍天，
雪白的雲端，瞬間布滿雲霧

——茫，茫茫茫～～～
群山密林，高山湖泊

我走過，早晚繞了一圈

許下萬年心願；

什特爾巴斯卡湖，永存在我心中

迷迷濛濛……

3.秋・芒

向西或向東，向中歐

向捷克布拉格

向萊茵河，向維也納

再迴向自己心中，前進，前進

我還是繼續前進，無法抵達的

天國的故鄉

芒，十二道光芒的芒

聖者手指直指，

日出的東方——

（2019.08.20／09：27 研究苑）

親愛的，請你高高舉手

——戰爭不是兒戲，
和平才是普世價值……

親愛的同胞，看到美國售臺戰機軍購案，
請你別高興得太早；
你想當砲灰嗎？
托爾斯泰的《戰爭與和平》，
我早已忘光，相信你也不一定記得；不過
我還是知道，這五個字的
重要意涵，相信你
會比我更懂；

親愛的同胞，現在我想
我要藉機做一次隨興調查，
請你配合：
喜歡戰爭的人，請你高高舉手
包括總統行政院長
國防部長，以及
各位將軍和所有軍人和老百姓，
你們願意當砲灰？

親愛的同胞，看到

川普批准戰機售臺，那種得意的嘴臉

他晚上做夢，肯定也會大笑——

一堆破銅爛鐵，就能淨賺美金80億元耶！

並且，還可以大聲說出囈語：

相信臺灣使用上，會很負責任。

親愛的同胞，我還想問問你：

80億美元被拿走了，之後

你還會

有飯吃嗎？

（2019.08.21／12：01 研究苑）

在多瑙河畔的沉思

多瑙河，靜靜流淌
它，藍不藍？
妳問過了我，
它的味道呢？
妳也問過了，
早晚，我都走了一遭
彷彿它都是一樣的，
我沒有特別發現；

初秋的斯洛伐克，
由東向西，似乎都是一樣的
早晚都有點兒涼，
涼爽的涼，藍不藍
無關，什麼味道
無關，什麼心情
有關；與旅人的心情有關，彷彿那就是
多瑙河的藍，也就是
多瑙河的甜，多瑙河的香……
真正的它，什麼時候會藍
藍在哪裡？我想
不要錯過，

早晚，我都去走走
怕真會錯過！

藍色多瑙河，或是一種傳說
如果妳也來，如果
妳也在一起走過，
這三天，早晚都走過
早晚，我們都一起漫步走過，
未曾藍過的多瑙河，也曾藍過
不曾藍過的多瑙河，
也不難過，我想
天也未曾
天天天藍；我沒有做過功課，
藍色的多瑙河，一年
究竟有幾天藍，是真正的藍？
究竟，應該是哪個季節的藍
該藍要藍？我只是問
問我自己，東方來的我
是否只為它的藍而來？
在布拉提斯拉瓦，在斯洛伐克的首都，我來過了
它是小而美，我漫步在它的文學步道

或上過舊城區，或走過
一個小小的拐角，或不小心，它就有一個銅像
如同工人的古代士兵，
打從下水道的人孔洞爬出，
他瞧著你笑笑，又帶著
有點兒祕密的暗號，要告訴你什麼
要給你指個什麼方向？
你知道吧，他曾經為他的國家
做過了什麼，偉大的貢獻！

（2019.08.22／03：18 研究苑）

Lin
2020.01.14 鼠年到了，幸福是屬於妳的，

那首失落的戀歌

一顆老友醃漬的
陳年梅子，加在
多年欠熬的紫米粥裡，
稠而又稠，昨夜忘了熄火的老灶

想了又想，不應該想的那年
一夜都無法不想！

那是哪年哪夜？我們失聲
沒有唱完的一首老歌，今晚
該由誰先唱！

（2019.08.25／21：44 研究苑）

秋涼，在內心街角轉彎處

——在城市街角，在濃郁的咖啡香裡，
誘惑的轉彎處……

旅人在街角，在自己內心的
轉彎處？
一個人的行旅，從心出發

浪人，遊民？
乞丐，流浪的
狗
或貓？

在街角，在轉彎處
在內心深處，
我從沒懷疑；

深秋之後，涼風吹起之後
接著就是寒冬，接著
漫漫長夜的街角，轉彎處的牆柱下
紙箱之內，蜷縮變形的人體，縮小

再縮小，浪人乞丐遊民

流浪的狗，流浪的貓

流浪的自己；

我也開始

一個人和一個人的影子，一起

去旅行……

（2019.08.27／04：47 研究苑）

屋頂上的詩人
——給不睡覺的大人和小朋友

他坐在屋頂上，他是一個詩人；
一個奇怪的詩人。

他坐在屋頂上，那是一座
古老古老的老屋！
老屋多老？
有皺紋的，有青苔；
很多很厚很厚的——
有我爺爺奶奶他們說的他們的爺爺奶奶那麼老！
我當然是不會知道的，也說不清楚有多老！

他是詩人，是的
他是詩人，我們都這麼說
可是，真正的是什麼
我也說不清楚，所以也沒有關係，
主要的是，我知道
他是喝露水的人，因為
我看到他的時候，
他都一直坐在屋頂上，而且
都是在晚上，而且都在寫詩

而且也沒看到他吃東西，更不可能
看到他吃什麼南北；
一直是一直是安靜的在寫詩，
一首又一首，每一個字
都是一顆星星，
他堅信的
每一個字都是一顆星星，
每一顆星星都是會發光
會發熱的；
他說，他是用生命寫的。

是的，
是用生命寫詩！
我說喔喔喔，我知道了
我再把頭抬得更高，
真的，天上的每一顆星星
也都睜大了眼睛，而且
她們都齊聲大聲的說：
是呀是呀！我們都是
他寫的！

（2019.08.30／08：12 研究苑）

卷五

九月的詩

遠方，有家／家再遠，／總在心中；

白玫瑰的秋天

白的。白的，

交給妳

秋天就適合發呆，適合

抬頭仰望

適合凝視

一朵雲，

兩朵雲，適合

三朵，再多也無妨。適合

想妳，適合想妳

的白

白的。已經很久了！

這樣的想，總在最深的

夜裡；夜裡再深

就是明天，明天

的開始

夢的開始。夢的最深，想的最深的

我的白

我的玫瑰，我的最初

最初的純潔，

最初的前世與來生，最初的

宜於交給妳……

（2019.09.02／06：37 研究苑）

心中的聖山

是的。我是島嶼，我有百岳
我有聖山——

是的。我是島嶼的子民，
在心中，我知道
聖山的高度；我日夜仰望，
海拔三千九百五十二公尺
——我終極的目標。

是的。我心中的聖山，
我知道，我日夜的仰望
祂的高峰，也是
我心靈終極努力要達成的高度。

是的。玉山，
我心中的聖山，我仰望
祂的聖潔；潔白的
我朝聖的方向，
我永遠朝向祂
仰望；

是的。我的聖山，

我永遠是祂的子民，

我虔誠膜拜——

我知道，是的

玉山的高度；我也知道

自己的腳程，心能想到的

我也將讓我的腳

一步一步走到，我堅信，

我的聖山，祂會讓我

順利達成願望！

（2019.09.03／19：51 研究苑）

山和雲在心中

看山

看雲

看霧

在山中

在雲中

在霧中

我在宇老山中

我在宇老雲中

我在宇老霧中

最遠的，在心中

最近的，在心中

我常常想

我永遠想

我心中的山

我心中的雲

我心中的霧

我心中的遠方

遠方的遠方

遠方山中雲中霧中司馬庫斯的山中雲中霧中……

永遠在心中。

（2019.09.05／12：54 研究苑）

附註：宇老、司馬庫斯，均為臺灣新竹轄區海拔一千五六百公尺高山地名。

一棵檜木詩樹

我是一棵樹，一開始
就沒有結束
風再大，我也不怕

要是能成為一棵，真正的樹
我一定會將自己命名，叫作
檜木詩樹。

一棵檜木詩樹，
頂天立地，在高山雲霧中
讓每一片葉子，都是
一個漢字；不論
青的紅的黃的藍的綠的乾的枯的，都是
讓我的每一個漢字，都是中華民族的一份子
詩寫我的千年萬年的史詩；

我要成長再成長，長成一棵高大的
詩樹，
最好就是千年萬年的一棵
檜木詩樹；在我的故鄉，

在太平山上，在雲霧中
行走的，我是

一棵活著的樹。

（2019.09.09／04：19 研究苑）

帶著我的狼，出發

哈囉！哈囉！我要出發了！
我要帶著我的狼，出發。
我不是要這麼早起起床，但我
已經起來了，就起來了！

現在，我要出發
就要出發——
可能你還在睡，我知道
你應該還在睡，你就有權利睡
我說的你，就有權利
就一定有的，一定要相信——
不能吵你，就不要吵你，
我們說說好的，我就
悄悄悄悄悄悄的，
自己走了——

不！還有月亮，還有
星星，
還有太陽，快要起床的太陽！
還有那匹已經等了我
一個晚上，在黑夜中的那匹狼

——牠在我心中的小巷口

等我的

那匹狼！

（2019.09.13／08：28 CI 761 雅加達起飛前）

月亮出走

中秋節，月亮出走
我也出走——

今晚，我在雅加達
月亮離地球最遠的一天：

我想她，想她也一定會
想我……

（2019.09.13／12：53 CI 761飛雅加達途中）

誰，雨中佇立

雨中有雨，誰

佇立雨中，我彳亍著

在自己心中的街角，在異國他鄉的城市

在太陽還未起床的清晨，還是

夜中

中秋之後？

她在我心中的雨中，

佇立……

（2019.09.14／04:35　中秋次日雅加達ASTON／2510）

遠方最近

遠方，有家
家再遠，
總在心中；

遠方，有妳
有妳，
總在心中；

我在路上，離家越遠
家，還在心中；

我在路上，離妳越遠
妳，還在心中；

我，一直想告訴妳……

（2019.09.16／04：22 萬隆Gino Feruci 703）

印尼五問

問題之一・灰塵

隱形，也許你看不見
他們自由，有居住自由
在印尼，他們都是自然合法的公民

愛住哪兒，就往那兒飄⋯⋯

（2019.09.19／17：43 棉蘭來榮府上）

問題之二・塞車

馬路不是馬路，是停車場
每一輛車，都合法的
可以停在馬路上；

它們都很安靜，幾乎
都睡著了！

（2019.09.19／17：52 棉蘭來榮府上）

問題之三・燕子

萬隆，荷蘭街的拐角
燕子們低空盤旋，低空環繞
穿梭

秋天，也是春天
荷蘭街的燕子，不分春秋
每天清晨，牠們有多忙就多忙

低空盤旋，低低飛
穿梭，盤旋……

（2019.09.21／04：06 棉蘭來榮府上）

問題之四・垃圾

垃圾是人造的，你可以隨意亂丟
塑膠袋是會飛的垃圾，也是人造的

在印尼雅加達，在印尼萬隆，
在印尼棉蘭……

它們都是最自由的，
有權利到處亂飛……

（2019.09.21／08：10 棉蘭來榮府上）

問題之五・街友

街友，街有——到處都有
坐的臥的躺的睡的不睡的，茫茫然
穿的披的掛的破的裸的半裸的，全裸的
都有：什麼沒有？

早餐沒有午餐沒有晚餐沒有，消夜
自然更不會有！

有的人有，都早已關門閉戶，上鎖
又加鐵門和保全……

街友，街有——
他們什麼都不會有！

（2019.09.26／08：34 研究苑）

想想之外

想想之外，還有另一種想；
我和我的貓約定，當我不想也非不想的時候
牠也可以不用想我，
我也不用怪牠，我們都有可能是
一直在想；
我們都互相信賴的。

有一天，我們都想了
我們一定都真正的，在關注對方
我們會一直以想想之外的另一種想，
深深不變的守著對方：

這是一種不變的價值，鑽石級的堅定
無須懷疑；最堅定的，
想想之外的，另一種
我們都把它種上了，在我們彼此心中……

（2019.09.23／14：50 捷運板南去胡思南西店）

【編後記】
說什麼，如此而已
——鼠年生肖詩畫集《鼠鼠・數數・看看》

林煥彰

〇、

這本鼠年生肖詩畫集的詩，是我2019年寫的部分作品；依編號標示，這一年我寫了358首，其中一些小組詩，如分開加在一起計算，長短詩作總數可達每天一首以上；詩，我知道，不是寫多就好，但我算是每天都在認真過自己有感覺的日子，儘管只是個人平淡的生活，卻總有心思索人生的意義；這算是我為自己活著、做了件有意義的心情紀錄；我認為這樣做，我這一年就不算白活了！

一、

近些年來，我每年都要求自己出一本、屬於當年生肖的詩畫集；今年生肖屬鼠，我依計畫畫很多老鼠的畫，配合詩作出版；好壞是一回事，我很開心、很認真的做到了，同時我也會找個適當場所，舉辦生肖畫展，與相識和不認識的人分享；我生活簡樸，不亂花錢，就可以實現自己要做的事；我堅持，我做到了。從2014馬年開始，這已是第七年了！我讓自己過得很充實，既有詩又有畫；這是我晚年獨身，可以自我做主、自由自在的生活方式。

二、

大約從1980年代初期開始，我專意為兒童寫詩之後，我就不停的為自己寫成人詩，也為兒童寫兒童詩，從沒中斷這兩樣的寫作，也隨時都能調整自己心情或心態，為我所關心或想寫的題材、主題，動腦筋寫作；有時我甚至不設定閱讀對象，尤其我長久以來，習慣了用平易的口語寫作，似乎有很多作品，大人小孩都可以讀；我也不忌諱我寫得淺白或直白，我只忠於自己的心情和感覺，順其自然，不刻意不雕琢，或要如何討好人家；我就這麼任性的寫了……，所以，我常常喜歡說：寫詩，我在玩文字，玩心情，也在玩創意；提醒自己，不要一成不變，不要重複別人，也不重複自己；寫屬於自己的詩……

三、

這本詩畫集，計收100首詩作，另外加卷首一首手稿〈老鼠的思考〉，配合生肖的詩，唯一2020年的作品，總計101首，都是去年寫的360餘首中的詩作，收在這裡的不到三分之一；但不是選本，而且我為了方便，從元月開始，依序挑出給成人讀者看的東西，以月分之名作為分輯，分成：詩從一月開始、詩在三四月、詩在五六月、詩在七八月和九月分的詩，共五輯；沒有特別寓意，完全只是一種方便，我就喜歡這麼隨意；要說意義，也只是我平常生活就這麼平淡，腦筋單純，以詩之名，想想而已！如果讀者要認真解讀，就當我原本是這麼一個普通的人；如果再更認真的看，要評斷我的文學成就，這也可算是一個文本；我不奢望獲得非份的好評，我什麼都不爭，是一個平凡的人，如此如此的人生！

至於另外二百多首，有一大部分，是屬於為兒童寫的，已有兩家少年兒童讀物出版社邀稿，有機會在大陸出版童詩集；成人詩的部分，就留以後再說；我常常是這樣想，寫作不一定都是為了發表，發表也未必都是為了出版，沒有結集出版的，說不定有一天還是會有用的。

四、

這時代，大家都很忙，尤其既要教學，又要研究和創作，在臺灣現代詩壇中，每年都要請一位朋友寫序，我心裡都自覺不忍心、自私要朋友分心費心為我寫序；今年，我還是橫了心，請詩人學者孟樊（陳俊榮教授），他很快就答應，要排除萬難，為我這本詩畫集《鼠鼠・數數・看看》寫序；他是老朋友，我還是不免俗，藉這「編後記」公開向他致謝和祝福，我們是二三十年前，在「聯副」一起工作的老友……

（2020.02.14／06：49　研究苑）

閱讀大詩45　PG2453

鼠鼠・數數・看看
──林煥彰詩畫集

作　　者　　林煥彰
責任編輯　　許乃文
圖文排版　　周妤靜
封面設計　　蔡瑋筠

出版策劃　　釀出版
製作發行　　秀威資訊科技股份有限公司
114 台北市內湖區瑞光路76巷65號1樓
電話：+886-2-2796-3638　傳真：+886-2-2796-1377
服務信箱：service@showwe.com.tw
http://www.showwe.com.tw
郵政劃撥　　19563868　戶名：秀威資訊科技股份有限公司
展售門市　　國家書店【松江門市】
104 台北市中山區松江路209號1樓
電話：+886-2-2518-0207　傳真：+886-2-2518-0778
網路訂購　　秀威網路書店：https://store.showwe.tw
國家網路書店：https://www.govbooks.com.tw
法律顧問　　毛國樑　律師
總 經 銷　　聯合發行股份有限公司
231新北市新店區寶橋路235巷6弄6號4F
電話：+886-2-2917-8022　傳真：+886-2-2915-6275

出版日期　　2020年8月　BOD一版
定　　價　　320元

Printed in Taiwan

國家圖書館出版品預行編目

鼠鼠.數數.看看：林煥彰詩畫集 / 林煥彰著. --
一版. -- 臺北市：釀出版, 2020.08
面； 公分. -- (閱讀大詩；45)
BOD版
ISBN 978-986-445-412-9(平裝)

863.51 109011062

讀者回函卡

感謝您購買本書，為提升服務品質，請填妥以下資料，將讀者回函卡直接寄回或傳真本公司，收到您的寶貴意見後，我們會收藏記錄及檢討，謝謝！
如您需要了解本公司最新出版書目、購書優惠或企劃活動，歡迎您上網查詢或下載相關資料：http:// www.showwe.com.tw

您購買的書名：＿＿＿＿＿＿＿＿＿＿＿＿＿＿＿＿＿＿＿＿

出生日期：＿＿＿＿年＿＿＿＿月＿＿＿＿日

學歷：□高中（含）以下　□大專　□研究所（含）以上

職業：□製造業　□金融業　□資訊業　□軍警　□傳播業　□自由業
　　　□服務業　□公務員　□教職　□學生　□家管　□其它＿＿＿

購書地點：□網路書店　□實體書店　□書展　□郵購　□贈閱　□其他

您從何得知本書的消息？
□網路書店　□實體書店　□網路搜尋　□電子報　□書訊　□雜誌
□傳播媒體　□親友推薦　□網站推薦　□部落格　□其他＿＿＿＿＿

您對本書的評價：（請填代號　1.非常滿意　2.滿意　3.尚可　4.再改進）
封面設計＿＿　版面編排＿＿　內容＿＿　文／譯筆＿＿　價格＿＿

讀完書後您覺得：
□很有收穫　□有收穫　□收穫不多　□沒收穫

對我們的建議：＿＿＿＿＿＿＿＿＿＿＿＿＿＿＿＿＿＿＿＿

＿＿＿＿＿＿＿＿＿＿＿＿＿＿＿＿＿＿＿＿＿＿＿＿＿＿＿

＿＿＿＿＿＿＿＿＿＿＿＿＿＿＿＿＿＿＿＿＿＿＿＿＿＿＿

＿＿＿＿＿＿＿＿＿＿＿＿＿＿＿＿＿＿＿＿＿＿＿＿＿＿＿

請貼
郵票

11466
台北市內湖區瑞光路 76 巷 65 號 1 樓
秀威資訊科技股份有限公司 收
BOD 數位出版事業部

（請沿線對折寄回，謝謝！）

姓　　名：＿＿＿＿＿＿＿＿ 年齡：＿＿＿＿ 性別：□女 □男

郵遞區號：□□□□□

地　　址：＿＿＿＿＿＿＿＿＿＿＿＿＿＿＿＿

聯絡電話：(日)＿＿＿＿＿＿＿＿ (夜)＿＿＿＿＿＿＿＿

E-mail：＿＿＿＿＿＿＿＿＿＿＿＿＿＿＿＿